トックン トックン 大空で 大地で

なんば・みちこ 詩集

布下満・絵

JUNIOR POEM SERIES

もくじ

I

I

トックン　トックン

胸《むね》にそっと
手をあててごらん
トックン　トックン

走《はし》ったあとに
手をあててごらん
ドックン　ドックン

すてきな人に
出会《であ》ってごらん
ドッキン　ドキドキ

あっ　ああ　あ
びっくりしたら
ドキドキドキドキ

胸のまん中にじんどって
うれしいときも　かなしいときも
いつもいつも

胸にだけば　犬もねこも
はとも　すずめも
みんなみんな

わたしら　みんな生きている
大空で　大地で
トックン　トックン

あんあーん

あんあーんと　泣《な》いた
大口《おおぐち》あけて　泣いた
なみだが　かれても
まだ　泣いた

なにがかなしいか
忘《わす》れてしもうて
まだ　泣いた

黄色《きいろ》い長《なが》ぐつ

黄色い長ぐつ　ただひとつ
小川《おがわ》にそった　白い道
落《お》として行ったの　だれかしら

夕日《ゆうひ》にそまって　長い影《かげ》
同じところに　ずっとある
おとといきのう　きょう三日《みっか》

雨が降《ふ》ったら　ぬれちゃうよ
こんやも窓《まど》から　のぞいたら
だれがさしたか　赤い花

いちばん星が　見ているよ
黄色い長ぐつ　赤い花
だれがさしたか　赤い花

野の花

春の野に咲《さ》く花なあに
れんげ　たんぽぽ　すみれ草《そう》
しろつめ草にわすれな草よ

れんげ咲いたら何つくる？
つないできれいなくびかざり
たんぽぽ咲いたら何つくる？
かがやく金のかんむりよ
すみれつんだら何つくる？

かわいくたばねた花束《はなたば》よ

しろつめ草もたばねて行くわ
わすれな草もたばねて行くわ
まあ　どこへ？
いちばんすきな人のそば
ああらだれなの　教えてよ
ないしょよ　お耳《みみ》をそっとかして

それはね
あのね
おかあさん

石をけりけり

石をけりけり歩いていけば
空はひろびろ　雲もいく
うしろに小さな影《かげ》ぼうし
れんげ咲《さ》くみち　風のみち
影《かげ》ぼうしつれて　歩くみち

石をけりけり歌っていけば
小川《おがわ》でめだかが泳《およ》いでる
めだかの影もきらりと光る
蛙《かえる》がケロロと　とびこんだ
石もポチャンと落っこちた

石をけりけり帰《かえ》ってくれば
空はまっかにもえている
うしろに長い影ぼうし
からすも　とんびも　帰るみち
影ぼうしつれて　帰るみち

うんどう会

せかいのはたが　ゆれている
青いお空で　ゆれている
はたはたはたと　音たてて

はちまきしめて　るるるるる
ちからいっぱい　がんばるよ
白《はく》せんくっきり　うんどうじょう

玉《たま》ころがしも　かけっこも
たてわりはんの　きょうそうも
白かて赤かて　うんどう会

みんなでつくった　てるてるさん
とうさんかあさん　じいじとばあば
みんなそろって　おうえんだん
は――い

涙《なみだ》ぶくろ

涙ぶくろはどこにある
まぶたの裏《うら》にあるのかな
とまることなくあふれ出す
ぼろりぼろぼろ　光る玉《たま》

涙ぶくろはどこにある
おなかの中にあるのかな
しょっぱい味《あじ》であふれ出す
ぽろりぽろぽろ　ぬくい玉

涙ぶくろはどこにある
あばらの奥《おく》にあるのかな
胸《むね》が痛《いた》んであふれ出す
ほろりほろほろ　露《つゆ》の玉

草のぼり

どの草いちばん高いかな
くきをつたってよじのぼる
小さなありさん　草のぼり

この草いちばん高そうだ
えっちらよいしょとよじのぼる
でんでんむしさん　草のぼり

でんでんむしもありさんも

どの草高いかわからない
のぼって見ないとわからない

てんとう虫《むし》はとびたって
すばやくあたりを見わたした
いちばん高い草　見いつけた

空が青くていいきもち
でんでんむしさん　おーそいな
ありんこさんも　おーそいな

すてネコ

風がないてる　窓《まど》のそと
まだらの子ネコ　すてたのはだれ？
ひゅーん　ひゅんひゅん
びゅーん　びゅん

ネコがないてる　池《いけ》の土手《どて》
まだらの子ネコ　かあさんはどこ？
にゃーん　にゃんにゃん
にゃーご　にゃご

風と子ネコの合奏《がっそう》で
こんやのわたし　ねむれない
白い波《なみ》が　牙《きば》になり
氷《こおり》のしぶきが　石になり

ひゅーん　ひゅんひゅん
びゅーん　びゅん
にゃーん　にゃんにゃん
にゃーご　にゃご

おにぎり山

おにぎり二つ　並《なら》べたような
山の間の　だんだんばたけ
だんだんばたけの　あぜみちに
きつねのよめいり　赤い花

おにぎり二つ　並べたような
山の間の　だんだんばたけ
だんだんばたけの　あぜみちに
お日さまてりてり　雨がふる

ぴーよ　ひよひよ　鳥のうた
きつねのよめいり　まんじゅしゃげ

かたつむりの　赤ちゃん

ここにいるのよ　わたしはいるの
小さな小さなアメ色の
かたつむりの　赤ちゃん
つばきの葉《は》っぱにのっかって
ぬれた地面《じめん》に落《お》ちている

ここにいるのよ　わたしはいるの
小さな小さな声だから
とどかないの　母《かあ》さんに
小さな頭につの出して
首をのばして見上《あ》げてる

ここにいるのよ　わたしはいるの
小さな小さなアメ色の
かたつむりの　赤ちゃん
葉っぱのなかに　かえしてあげよ
雨にぬれてるつばきの木

雀《すずめ》のおしゃべり

雀のお話　ききたいね
夕日にそまった木の中で
クチュクチュ　チッチ　ルルルルル
おしゃべりやまず　日が沈《しず》む

雀のお話　なんだろね
おひるに見たこと聞いたこと
クチュクチュ　チッチ　ルルルルル
おしゃべりてんでに　夜がくる

雀の見るゆめ　しりたいね
月の光に静《しず》まって
ときどき　グルル　グルルルル
からだよせあい　ゆめをみる

帰《かえ》ろうよ

お日さま沈《しず》むよ　かえろうね
カラスもお山に　かえったよ
スズメもおやどに　かえったよ
かあさんといっしょに　かえろうね

お日さままっかに　燃《も》えている
田んぼのお水も　まっかっか
ぼくもうちょっと　ここにいる
かあさんといっしょに　ここにいる

小さな風が　ささやいた
ぼうや　もうすぐ夜になる
水にうつった影《かげ》ぼうし
長くなったら　夜が来る

かあさん　蛙《かえる》がないてるね
ケロケロ　カエロとないてるね
かあさんおんぶしてくれる？
そしたらぼく　かえるから

ぼくって　へん？

「ぼく　でべそかいちゃった」って
かあさんに言《い》ったらね
かあさん　うふふふ　うっふっふ
でべそじゃなくて　なきべそよ

「ぼく　お月さんにさわりたい」って
とうさんに言ったらね
とうさん　あははは　あっはっは
えほんの月なら　さわれるよ

「ぼく　ほんとのサンタにあった」って
ねえさんに言ったらね
ねえさん　おほほほ　おっほっほ
ほんとのサンタは　見えないよ

サンタにもらったぬいぐるみ

大きなうさちゃん　どこからきたの
目がさめたらね　ふとんのなかに
赤いおめめが　笑《わら》っていたの
お耳たわたわ　おてておふわふわ
あったかお日さま　だいてるみたい

きょうからわたし　かあさんなのよ
やさいをきざんで　にんじんたべて
もうすききらいは　言わないわ
お耳たわたわ　おててふわふわ
大きなうさちゃん　わたしの子ども

食事《しょくじ》がすんだら　お外に行こうね
雲もたわたわ　風もふわふわ
空はあおくて　いいきもち

ぬいぐるみのミュウ

わたし大すき　ネズミのミュウ
走《はし》って逃《に》げても　わたしのものよ
くるくるまわして　だっこして
ポンと投《な》げても　こわれない
黒いお目目のネズミだよ　ニャン

わたし大すき　ネズミのミュウ
どこにいたって　わたしのものよ
眠《ねむ》くなったら　ふとんのなかで
ぎゅっとだいても　おこらない
細《ほそ》いしっぽのネズミだよ　ニャン

わたし大すき　ネズミのミュウ
いつもいっしょよ　わたしたち
にらめっこしたら　わらってね
おひげとしっぽが　こそばゆい
まるいお耳のネズミだよ　ニャン

猫《ねこ》が帰《かえ》らない

しっぽ曲《ま》がりの　ばあちゃん猫は
耳も聞こえず　目も見えぬ
それでも名前を　呼《よ》ばれたら
ちゃんとお返事《へんじ》　ミイヤアオウ

しっぽ曲がりの　ばあちゃん猫は
どこへ行ったか　夜更《よふ》けまで
名前を呼んでも　帰らない
返《かえ》ってくるのは　虫の声

しっぽ曲がりの　ばあちゃん猫は
白い首輪《くびわ》に　鈴《すず》もなく
遠《とお》くの辻《つじ》を　曲がったか
空のお星は　見ていたか

かぜひきさん

わたしのくしゃみは　くしゅっ　くしゅっ
ママのくしゃみは　くしゃん　くしゃん
パパのくしゃみは　は・は・はくしょん

わたしのせきは　こんこんこん
ママのせきは　ごほごほごほ
パパのせきは　ごほんごほん

みんなかぜひきさん　マスクして
こんこん　ごほごほ　ごほんごほん
まどをヒュウヒュウ　ならすかぜ

おててをあらって　みんなでうがい
ぐふぐふぐふ　ごろごろごろ
のどのおくまで　がらがらがら

あったかくして　はやくねようね
おくびにガーゼのタオルもまいて
おやすみ　おやすみ　おやすみなさい

ふしぎな鳥

ふしぎな鳥が　森にきて
朝から晩《ばん》まで　ないている
だれにも解《と》けぬ　なき声で
　ルルルル　ワオニャオ　グッドバイ

ふしぎな鳥が　ころもがえ
だれも気づかぬ　す早さで
朝　ひる　晩《ばん》の　光のベール
たちまち変《か》わる　はねの色
　赤　青　黄色　金と銀《ぎん》

ふしぎな鳥の　なき声に
あつまってきた　けものたち
それからみなで　大さわぎ
月夜《つきよ》の晩の　大さわぎ
　チュウワン　ニャンケン　ウオー　ルル

月のしずんだ　つぎの日は
いねむりふくろう　ただ一わ
朝ひのこもれび　ららりろろ

くろ雲

もくもくもくもく　雲がわく
空から雲が　たれさがる
まっくら空に　変《か》わったよ
早く帰《かえ》ろう　おうちに帰ろ
もうすぐいなづま　光りだす

げろげろがあがあ　蛙《かえる》が歌《うた》う
空から風が　吹《ふ》いてくる
目玉《めだま》ぐるぐる　ふくらむおなか
早くお出《い》でよ　合唱《がっしょう》しよう
もうすぐかみなり　響《ひび》きだす

かおかおかっか　カラスがさわぐ
畑《はたけ》のすいかが　おいしそう
だめだめだめよ　またこんど
早く帰ろう　お山に帰ろ
はね傷《きず》ついちゃ　飛《と》べないよ

山火事

西の山山　まっかっか
ぼくらの山が大火事《おおかじ》だ
子がらすあわてて飛《と》んで行く
かおかおかっか　山火事だ

追《お》いかけて行く親《おや》がらす
ちがうよおちつけ　かあかあかあ
夕焼《ゆうや》け空だよ　かあかあかあ
ゆっくりおかえり　あわてずに

さわぎを聞きつけ　すずめたち

かくれたほうがよさそうと
ちゅんちゅんちくちく　ちゅん
屋根《やね》の下やら木のかげに

さわぎに目覚《めざ》めたこうもりは
なんだ　なんだと集《あつ》まって
上に下にと飛び交《か》うよ
さわぎはしばらく終《お》わらない

まっかな空もおさまって
一番星の出るころは
からすもすずめも巣《す》に帰《かえ》り
こうもりだけがひらひらり

Ⅱ

そこまで春が

水底《みなそこ》にねむった
きのうの　星
空に帰《かえ》るのを忘《わす》れて
きら　きら

岸辺《きしべ》でねむった
きのうの　風
星のことが気がかりで
さや　さや

ねむりからさめた
小さな　蛙《かえる》
うっかり川に落っこちて
ぶる　ぶる

春がそこまで
来ている

早春《そうしゅん》

レモン色した　小鳥いちわ
わたしの庭《にわ》に　飛《と》んできて
尾羽《おばね》うち振《ふ》り　さえずって
チッチ

大地見下《お》ろし　首かしげ
空を見上《あ》げて　羽《は》ばたいて
赤い実《み》つつき　声高く
チッチ

わたしの胸《むね》に　住《す》む鳥の
朝な夕なに　鳴く鳥よ
レモン色した　小鳥いちわ
チッチ

いのち

小さな種《たね》　しわしわ
この種なあに？
畑《はたけ》の土に　うずめたら
凍《こお》った芽《め》　かちかち
もみがらまいて　あたためた

細《ほそ》いつる　ふわふわ
とどくかな？
割《わ》り竹組《だけく》んで　支《ささ》えをしても
つるとつるとの　フラダンス
ひい　ふう　みい　よう

長いつる　くるくる
とどいたね
丸《まる》い葉《は》いっぱい　ひろがって
白いお花に　むらがるちょうちょ
春だね　あったかいね

花のかげから　青いサヤ
えんどう豆《まめ》だよ
えんどう豆の　細いサヤだよ
いつ　むう　なな　やあ
数《かぞ》えられない　数えられない

希望《きぼう》

おはよう　おはよう
あなたも笑顔《えがお》わたしも笑顔
明るい声であいさつかわせば
とくとくとく　胸《むね》のこどうがひびきあうよ

こんにちは　こんにちは
一人《ひとり》ひとりがやさしい心
手をとり合って助《たす》けあえば
りろりろりん　七色の虹《にじ》が町にかかるよ

ハロー　ハーイ
みんなみんな大切《たいせつ》ないのち
世界中《せかいじゅう》が手をつなげば
るるるるるう　地球《ちきゅう》をとりまき鳥が歌う

こんばんは　こんばんは
空にきらめく無数《むすう》の星よ
喜《よろこ》びも悲《かな》しみも分《わ》かちあえば
きらきらりん　明日《あす》につながる希望の光

月のともだち

月のともだち　だれだろう
赤くかがやく星だろか
遠くの青い星だろか

月のともだち　だれだろう
追《お》いかけていく雲《くも》だろか
ほうほうふおう　ふくろうだろか

月のともだち　だれだろう
月のともだち　この地球《ちきゅう》
月を見ている　わたしたち

月のともだち　わたしらよ
うすあお色の　影《かげ》ぼうし
あなたがつけた　影ぼうし

月夜《つきよ》のふしぎ

月の夜は
木《き》の葉と木の葉が重《かさ》なって
小鳥がはばたき歌いだす
ひよひよ　ひーよ
ぐいっぴ　ちち

月の夜は
水と水とがぶつかって
あぶくが生まれ歌いだす
しゃわしゃわ　しゃーわ
しゅーろ　りろ

月の夜は
庭《にわ》いっぱいに花の影《かげ》
わたしの影も花をつむ
ふふふふ　ほーほ
ほーほ　ほほ

あまがえるのおやこ

庭《にわ》のしばふの　みどりの上を
あれあれ　小さなあまがえる
ぴょんぴょんはねて　にげていく
はじめてのおさんぽ　おどろかせたね

かあさんがえるは　どこに行ったの
なあんだ　じょうろの口の中
はい色ふくに　ころもがえ
じっと子がえる　見つめているよ

庭のしばふの　みどりの上で
あれまあ　小さな子がえるの
あしがからまり　ころんだよ
それでもかあさん　あわてないのね

泥《どろ》の中から

泥の中から
緑色《みどりいろ》のものが見《み》えた

津波《つなみ》になぎ倒《たお》された
道端《みちばた》の雑草《ざっそう》の葉《は》

かあさんがしゃがんで
泥をよけながら　涙声《なみだごえ》で言った
太陽《たいよう》と土と　水と空気があれば
いのちは育《そだ》つのよ

泥の中から
葉っぱがぴんと立った

ぼくのまわりにある
太陽と土と　水と空気
ぼくははじめて
大きく深《しん》呼《こ》吸《きゅう》をした
　かあさん
　がんばろうね

ごめんなさいが言えなくて

ごめんなさいが言えなくて
窓《まど》から見ている細い雨
あじさいに降《ふ》る
細い雨

ごめんなさいが言えなくて
窓から見つけたかたつむり
あじさいの葉《は》の
かたつむり

ごめんなさいが言えなくて
カラにこもったかたつむり
雨にぬれてる
かたつむり

二月のしんぱい

いけがきの木の根《ね》もと
黄色いちょうが生まれてた
雪の舞《ま》ってる寒《さむ》いあさ
時をまちがえ生まれたの？
細いてあしを小さくちぢめ
羽《はね》はぴたりと　閉《と》じたまま

おうちに入れてあげたけど
鉢《はち》のお花に乗《の》せたけど

羽をいちど広げただけ
てあしをいちど動《うご》かしただけ
もう何日になるかしら
羽はぴたりと　閉じたまま

黄色いお花の花びらみたい
一しゅうかんが過《す》ぎたけど
じっと止《と》まったままなのよ
みつもお水も吸《す》わないで
細いてあしを小さくちぢめ
羽はぴたりと　閉じたまま

山の池

魚が木のぼりしているよ
さかさに映《うつ》った木々《きぎ》の中
小枝《こえだ》をくぐり　葉《は》をゆらし
背《せ》びれ光らせ　りら　きらら

大空の中　雲の中
行ったり来たり止《と》まったり
入道雲《にゅうどうぐも》も　すいと抜《ぬ》け
尾《お》びれをはねて　りら　きらら

木々がざわめき　風が来て
さざ波《なみ》立てて馳《か》けてゆく
沈《しず》んだ落葉《おちば》を　枯《か》れ枝を
ホップジャンプで　りら　きらら

スケートぐつの　アメンボウ
鳥はちるると呼《よ》びかわし
木《こ》もれ日の中　蝶《ちょう》も舞《ま》う
人里《ひとざと》はなれた　池の中

木霊《こだま》

「ことば　ことだま　こだま」
「こだま　ことだま　ことば」
くりかえし唱《とな》えれば　これはおまじない

ことばには木霊の性質《せいしつ》があるので
やさしいことばを届《とど》ければ
やさしいことばが返《かえ》ってくる
すぐに返ることばもあれば
はるかな道のりを行き

時を経《へ》てから返ってくる
ことばもある

きょう　わたしは
ひどいことばに傷《きず》ついて
うちのめされて　くり返すおまじない
これは
わたしがいつ発《はっ》したことばの
木霊なのでしょう

森の夜

だれも行かない森の夜
木々《きぎ》と木々とがささやいた
シャララ　シャララン
サワサワ　ザワワ
仲良《なかよ》く枝《えだ》の手　組みましょう

枝をつたって行くのはだあれ
キキキキ　キッキ　おさるさん
ぴょんぴょん　するる　りす親子《おやこ》

ピーヒャラ小人《こびと》も加《くわ》わって
枝の手とても　重《おも》くなる

ねぼけふくろう　フオウオウ
隣《となり》の枝から　落《お》っこちた
大きな白い蛾《が》　眼《め》をさまし
粉《こな》をふりまき飛《と》び立って
きらきらきらら　銀《ぎん》の粉《こな》

葉《は》っぱのむこうで　三日月《みかづき》さん
口をへの字に笑《わら》いをこらえ
夜がどんどん更《ふ》けていく

石ってふしぎ

石ってふしぎ
白いの　黒いの　みどり色
だいだい色や　空色も
大きい小さい　みなちがう
ひらたい　とんがり　しまもよう

石ってふしぎ
空からきたの？　お山から？
海から来たの？　川からも？
同じ重《おも》さを　集《あつ》めたよ

四角い　三角　細ながい

石ってふしぎ
お水がとてもすきみたい
すいそうの中へ　プレゼント
めだかさんへの　プレゼント
あぶくつくって　おりてゆく

石ってふしぎ
めだかさんには　ぶつからない
ゆらゆら　いくよ　じょうずだな
きれいな色の　石ばかり
はるちゃんの石　光ってる

海のふんすい

海のふしぎを知っている？
だれも知らない海の底《そこ》
うずまく大きな
ふんすい　あるの

月のきれいな夜のこと
月にむかって　ふきあげる
金色ふんすい　青色ふんすい
赤色ふんすい　あちこちに

月に向《む》かって　ふきあげる

月にとどけと　ふきあげる
白　青　銀《ぎん》のお魚も
ふんすいの中　はねていく

月夜《つきよ》に開《ひら》くふしぎなお花
波《なみ》にもまれて開く花
黄色の花束《はなたば》　ゆらゆらと
どこかで笛《ふえ》の音がして

朝にはみんな知らん顔
寄《よ》せてはかえす泡《あわ》の波
遠くに広がる水平線《すいへいせん》
汽船《ふね》がお出かけしていくよ

十二支《し》の子どもたち

ねずみの子どもは　こねずみ
うしの子どもは　こうし
とらの子どもは　ことら
うさぎの子どもは　こうさぎ
たつの子どもは　こたつ
　なんだか変《へん》かな　こたつ？

へびの子どもは　こへび
うまの子どもは　こうま
ひつじの子どもは　こひつじ

さるの子どもは　こざる
とりの子どもは　ことり
いぬの子どもは　こいぬ
いのししの子どもは　こいのしし
　なんだか変かな　こいのしし？

十二支の子どもたち
あつまって　あそびましょ
輪《わ》になって　あそびましょ
ね、うし、とら、う、たつ、み、うま、
ひつじ、さる、とり、いぬ、い
　なかよしの子どもだよ

かあさん

子どもは白い紙だから
赤いえのぐで書いたなら
赤いお花になるでしょう

子どもは白い紙だから
黒いえのぐで書いたなら
黒いお花になるでしょう

かあさん緑《みどり》を筆《ふで》にとり

子どもの胸《むね》に書きました
「みんなの地球《ちきゅう》」と書きました

かあさん空色筆《ふで》にとり
子どものせなかに書きました
「みんなの空」と書きました

遠くの国の戦争《せんそう》が
しだいに近づく夜でした
どんよりくもった夜でした

まひるの出来事《できごと》

何にも音のないまひる
はなれの窓《まど》から見ているわたし
梅雨《つゆ》の晴《は》れ間《ま》の青い空
一羽《いちわ》の鳥が飛《と》んできた
あれあれ何か　くわえてる

雀《すずめ》ぐらいの大きさだけど
長い尻尾《しっぽ》がうす黄色
ひさしの上に止《と》まったよ
つかれたのかな小鳥さん

大きなミミズ　離《はな》したよ

ミミズはくねくね大急《いそ》ぎ
瓦《かわら》の上をはねてゆく
こら待《ま》てそうはさせないぞ
小鳥は急《いそ》ぎ追《お》いかけて
長いミミズを　飲《の》みこんだ

何にも音のないまひる
ガラス窓から見ているわたし
ふいにわき出た黒い雲
小鳥が空に飛び立って
あれあれ雲が　飲《の》みこんだ

うそ

小《ちい》せえうそぉ　吐《ち》いたんよ
そのうそのため　またちいた
大《おお》けえうそぉ　ちいたんよ
うそはぼっけえ　ふくらんで
つぶされそうに　なっとんよ

こどもの神《かみ》さん　かくれんさって
こどもの神さん　かくれんさって
お地蔵《じぞう》さんも　しらん顔《かお》
きつね花咲《さ》く　赤え道《あけみち》
遠くて細え《ほせ》　日暮《ひぐ》れ道

＊吐《ち》いた　「吐《つ》いた」（うそ吐《つ》き）の意《い》。岡山県の方言
＊ぼっけえ　「とっても」の意。岡山県の方言

おさん狐《ぎつね》

おさん狐が　おったてえ
いよべの山の　銀狐《ぎんぎつね》
風より早《はよ》う　走ったと
ケーン　ケンケン　コーン　コン

おさん狐が　走ったてえ
いよべの山の　銀狐
はらぺこ子狐　待《ま》っとると
ケーン　ケンケン　コーン　コン

おさん狐が　泣《ね》えたてえ
いよべの山の　銀狐
川がよごれて　魚《さかな》がおらん
ケーン　ケンケン　コーン　コン

おさん狐《ぎつにゃ》あ　どけえ行《い》た
子狐つれて　山越《こ》えた
北風吹《ふ》いて　寒《さむ》かろう
雪がつもって　つめたかろ
ケーン　ケンケン　コーン　コン

＊
いよべの山　総社市下原にある山

雪舟《せっしゅう》さん

雪舟さん　雪舟さん
宝福禅寺《ほうふくぜんじ》のお小僧《こぞう》さん
修行《しゅぎょう》のあいまに　筆《ふで》を持《も》ち
なんでも絵にする　雪舟さん
掃除《そうじ》のときは　ほうきが絵筆《えふで》

庭《にわ》に絵を描《か》く　雪舟さん
和尚《おしょう》さんに叱《しか》られ　しばられた
おまえはいつも　なに思う
掃除するのも　上《うわ》の空
お経《きょう》を唱《とな》え　心を磨《みが》け

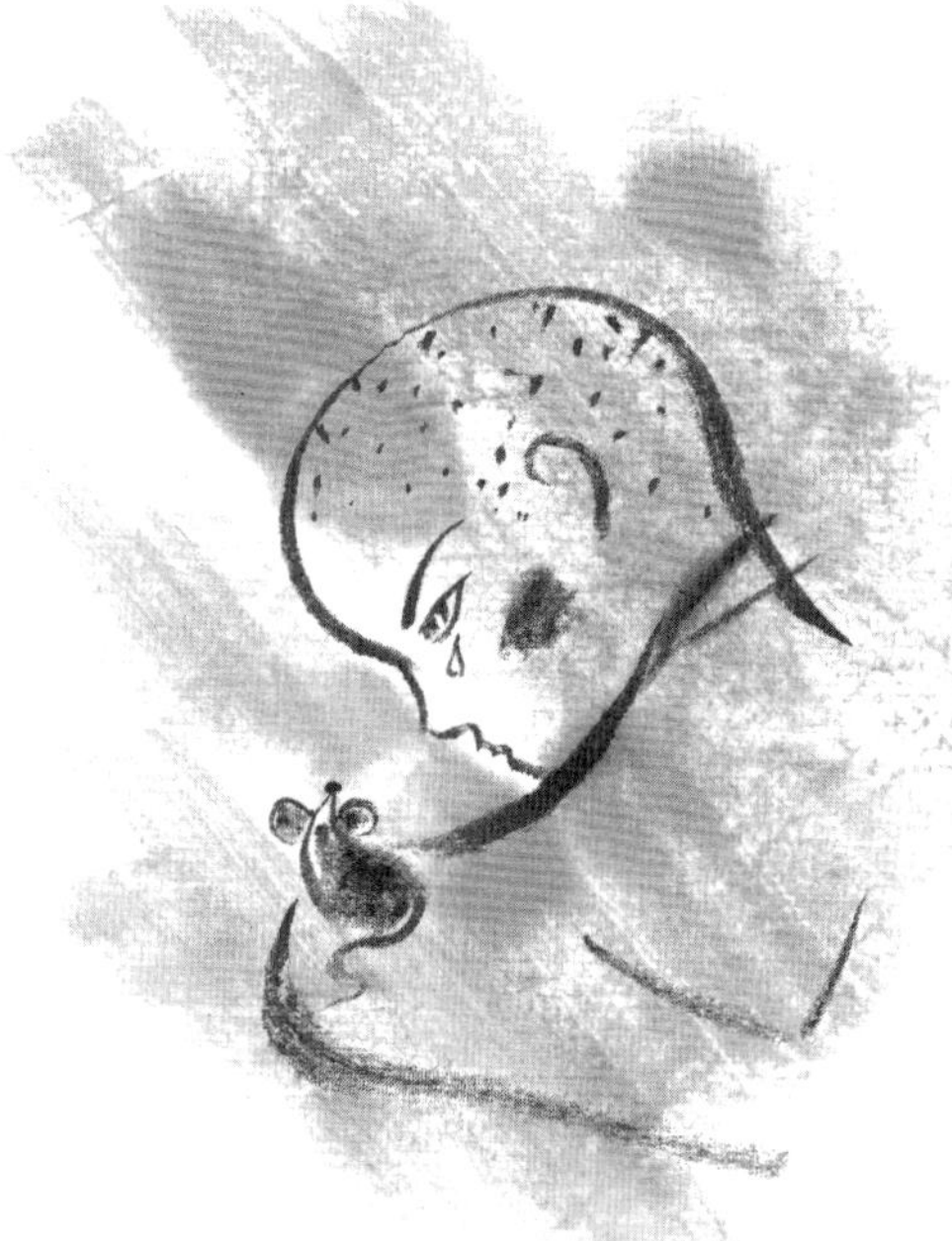

夜になっても許《ゆる》されず
お堂《どう》の外は　月明《あ》かり
木立《こだち》を揺《ゆ》らす　風の音
涙《なみだ》ぽろぽろ　雪舟さん
ちょろり顔《かお》出す　ねずみはいいな

足指《あしゆび》使《つか》って　描《か》いた絵は
涙にぬれた　大ねずみ
和尚さんあわてて　しっしっしっしっ
追《お》っても逃《に》げない　大ねずみ
払《はら》って逃げない　大ねずみ

好《す》きこそものの　上手《じょうず》なれ
和尚さんに許《ゆる》され　京《きょう》に行き
仏《ほとけ》の修行と　絵の修業《しゅぎょう》
努力《どりょく》を重《かさ》ねて　三十年
遣明使《けんみんし》として　中国《ちゅうごく》へ

海を渡《わた》った　中国で
名高くなった　雪舟さん
島根《しまね》　山口《やまぐち》　九州《きゅうしゅう》へ
行脚《あんぎゃ》を続《つづ》け　絵を続け
後《のち》には世界《せかい》の　雪舟さん

人のいのちは　ただ一つ
諸行無常《しょぎょうむじょう》の　その中に
後世《こうせい》に残《のこ》る　名はひかり
時を経《へ》てなお　よみがえる
人の心に　灯《ひ》をともす

雪舟さん　雪舟さん
世界に誇《ほこ》る　雪舟さん
時を経てなお　よみがえる
人の心に灯をともす
総社《そうじゃ》生まれの　雪舟さん

あとがき

「こどもの心を豊かにし大人の心もとらえるような童謡集を作り、育てていきませんか。生まれたてのようなまっさらな心と眼で自然やいのちあるものを見つめ、その上に想像力をしっかり加えて表現してみませんか」という呼びかけで始めた童謡誌「とっくんこ」には現在七十余人の会員がいます。事務局と編集委員が中心になり、すてきな表紙絵（野村たかあき氏）の装丁で全国に広がり、詩人・作曲家・こどもたちの作品を年三回定期的に発行しています。

この「とっくんこ」に載せた作品を中心にして、「銀の鈴社」さんに私個人の詩集を作っていただきました。表紙・挿画は布下満氏が寄せてくださり、すばらしい本になったことは格別の喜びです。

西野真由美社長さま、柴崎俊子編集長さま、「とっくんこ」会員の皆さまに、心から感謝申し上げます。

二〇一六年二月二四日

なんば・みちこ

なんば・みちこ

1934年　岡山県生まれ

○日本現代詩人会会員。日本詩人クラブ会員。日本児童文芸家協会会員。日本童謡協会会員。詩誌「火片」・「総社文学」同人。童謡詩誌「とっくんこ」代表。

○**詩集**等　1996年　『写真詩集―詩と写真で綴る高梁川流域の四季』―写真・宮本邦男　山陽新聞社刊／1999年　『蛾ＩＫＩ』土曜美術社出版販売／2008年　『下弦の月』書肆　青樹社／2012年　『竜の住む聖地龍ノ口山』―写真・難波由城雄　山陽印刷所／2013年　『絵本　おさん狐』絵・野村たかあき　でくの房社／2014年　『兆し』土曜美術社出版販売　他多数

○**受賞**　第４回岡山県文学選奨詩部門入選・第25回全国学芸コンクール「坂本NHK会長賞」・第６回丸山薫賞―詩集『蛾ＩＫＩ』・山陽新聞賞・岡山県文化賞・福武教育文化賞・三木記念賞・総社市文化功労賞・等

○**受章**　2009年　叙勲　瑞宝双光章

住所：〒719-1143　岡山県総社市上原106-1

絵・布下　満（ぬのした　みつる）

1937年　生まれ

1960年　岡山大学（特・美）卒

教職41年勤務（中学校／短期大学）

〈画歴〉

1963年　日展（初入選）／1965年　白日展（白日賞）／1973年　岡山県展（大賞）／1977年　行動美術展（会友賞）

2000年　「布下満画集」刊行

1985年よりは画壇（無所属）　地域に根ざしたグループ展・個展・文化活動に意を注ぐ。

NDC911
神奈川　銀の鈴社　2016
96頁　21cm（トックントックン　大空で大地で）

ジュニアポエムシリーズ　257
2016年4月12日発行
本体1600円＋税

トックントックン　大空で大地で

著　者　詩・なんば・みちこ©　絵・布下　満©
発行者　柴崎聡・西野真由美
編集発行　㈱銀の鈴社　TEL 0467-61-1930　FAX 0467-61-1931
〒248-0005　神奈川県鎌倉市雪ノ下3-8-33
http://www.ginsuzu.com
E-mail　info@ginsuzu.com

ISBN978－4－87786－261－9　C8092
落丁・乱丁本はお取り替え致します
印刷　電算印刷
製本　渋谷文泉閣

…ジュニアポエムシリーズ…

1 鈴木敏史詩集 宮下琢郎・絵 星の美しい村 ★☆
2 小池知子詩集 高志孝子・絵 おにわいっぱいぼくのなまえ ★☆
3 鶴岡千代子詩集 武田淑子・絵 白い虹 児文芸新人賞
4 楠木しげお詩集 久保雅勇・絵 カワウソの帽子
5 津坂治男詩集 垣内美穂・絵 大きくなったら ★◇
6 後藤れい子詩集 山本まつ子・絵 あくたれぼうずのかぞえうた
7 北村蔦子詩集 柿本幸造・絵 あかちんらくがき
8 吉田瑞穂詩集 吉田翠・絵 しおまねきと少年 ★⍁◎
9 新川和江詩集 葉祥明・絵 野のまつり ★☆
10 阪田寛夫詩集 織茂恭子・絵 夕方のにおい ★◆○☆
11 高田敏子詩集 若山憲・絵 枯れ葉と星 ★☆
12 原田直友詩集 吉田翠・絵 スイッチョの歌 ★◎
13 小林純一詩集 久保雅勇・絵 茂作じいさん ★◉●☆◎
14 谷川俊太郎詩集 長新太・絵 地球へのピクニック ★◎
15 与田準一詩集 深沢省三・深沢紅子・絵 ゆめみることば ★
16 岸田衿子詩集 中谷千代子・絵 だれもいそがない村
17 江間章子詩集 榊原直美・絵 水と風 ◇◎
18 原田直友詩集 小野まり・絵 虹―村の風景― ★
19 福田正夫詩集 福田達夫・絵 星の輝く海 ★☆
20 草野心平詩集 長野ヒデ子・絵 げんげと蛙 ★☆◇○
21 宮田滋子詩集 青木まさる・絵 手紙のおうち ☆○
22 久保田昭三詩集 斎藤彬子・絵 のはらでさきたい
23 鶴岡千代子詩集 加倉井和夫・武田淑子・絵 白いクジャク ★●
24 尾上尚子詩集 まど・みちお・絵 そらいろのビー玉 ★☆ 児文協新人賞
25 水上紅詩集 深沢紅子・絵 私のすばる ☆
26 野呂昶詩集 福島一二三・絵 おとのかだん ★
27 こやま峰子詩集 武田淑子・絵 さんかくじょうぎ ☆
28 青戸かいち詩集 駒宮録郎・絵 ぞうの子だって
29 まきたかし詩集 福田達夫・絵 いつか君の花咲くとき ★☆♡
30 薩摩忠詩集 駒宮録郎・絵 まっかな秋 ★☆♡
31 新川和江詩集 福島一二三・絵 ヤァ！ヤナギの木 ★☆○♡
32 井上靖詩集 駒宮録郎・絵 シリア沙漠の少年 ★☆♡
33 古村徹三詩・絵 笑いの神さま
34 江上波夫詩集 青空風太郎・絵 ミスター人類 ○☆
35 秋原秀夫詩集 鈴木義治・絵 風の記憶 ★◎
36 水村三千夫詩集 武田淑子・絵 鳩を飛ばす
37 久冨純江詩集 渡辺安芸夫・絵 風車 クッキングポエム
38 日野生三詩集 吉野晃希男・絵 雲のスフィンクス ★
39 佐藤雅子詩集 佐藤太清・広瀬きよみ・絵 五月の風 ★
40 小黒恵子詩集 武田淑子・絵 モンキーパズル ★
41 木村信子詩集 山本典子・絵 でていった
42 中野栄子詩集 吉田翠・絵 風のうた ☆
43 宮田滋子詩集 牧村慶子・絵 絵をかく夕日 ★
44 大久保ティ子詩集 渡辺安芸夫・絵 はたけの詩 ★☆
45 秋原秀夫詩集 赤星亮衛・絵 ちいさなともだち ♥

☆日本図書館協会選定
★全国学校図書館協議会選定（SLA）
□少年詩賞　■茨城県すいせん図書
○厚生省中央児童福祉審議会すいせん図書
●日本童謡賞　♧岡山県選定図書
♡日本子どもの本研究会選定
♥秋田県選定図書
♣愛媛県教育会すいせん図書
◇岩手県選定図書
◆京都府選定図書
⍁芸術選奨文部大臣賞
◉赤い鳥文学賞　◆赤い靴賞

…ジュニアポエムシリーズ…

46 日友靖子詩集 藤城清治・安西明美・絵 猫曜日だから ◆☆
47 秋葉てる代詩集 武田淑子・絵 ハープムーンの夜に ♡
48 こやま峰子詩集 山本省三・絵 はじめのいーっぽ ★♡
49 黒柳啓子詩集 金子滋・絵 砂かけ狐 ♡
50 三枝ますみ詩集 武田淑子・絵 ピカソの絵 ☆♡●
51 夢虹二詩集 武田淑子・絵 とんぼの中にぼくがいる ♡○♥
52 はたちよしこ詩集 まど・みちお・絵 レモンの車輪 □♧
53 大岡信詩集 葉祥明・絵 朝の頌歌 ★☆♡♥◎
54 吉田瑞穂詩集 吉田翠・絵 オホーツク海の月 ★☆♡
55 さとう恭子詩集 村上保・絵 銀のしぶき ★☆♡
56 星乃ミミナ詩集 葉祥明・絵 星空の旅人 ★☆♡
57 葉祥明詩・絵 ありがとう そよ風 ★♡▲
58 青戸かいち詩集 初山滋・絵 双葉と風
59 小野ルミ詩集 和田誠・絵 ゆきふるるん ★☆●♡
60 なぐもはるき詩・絵 たったひとりの読者 ★♡♧

61 小関秀夫詩集 小倉玲子・絵 風《かざ》栞《しおり》 ★♡♥
62 海沼松世詩集 守下さおり・絵 かげろうのなか ☆♡
63 山本龍生詩集 小倉玲子・絵 春行き一番列車 ♡
64 小泉周二詩集 深沢省三・絵 こもりうた ★☆♡
65 かわてせいぞう詩集 若山憲・絵 野原のなかで ♡★♥
66 えぐちまき詩集 赤星亮衛・絵 ぞうのかばん ♡◆♥
67 池田あきつ詩集 小倉玲子・絵 天気雨 ♡
68 藤井則行詩集 君島美知子・絵 友へ ♡♤
69 藤哲生詩集 武田淑子・絵 秋いっぱい ★♠
70 日友靖子詩集 深沢紅子・絵 花天使を見ましたか ★
71 吉田瑞穂詩集 吉田翠・絵 はるおのかきの木 ★
72 小島禄琅詩集 中村陽子・絵 海を越えた蝶 ★☆♡♥
73 にしおまさこ詩集 杉田幸子・絵 あひるの子 ★
74 山下竹二詩集 徳田徳志芸・絵 レモンの木 ★
75 高崎乃理子詩集 奥山英俊・絵 おかあさんの庭 ★♡

76 檜きみこ詩集 広瀬弦・絵 しっぽいっぽん ★●□☆♡
77 たかはしけいこ詩集 高田三郎・絵 おかあさんのにおい ♡♣□
78 星乃ミミナ詩集 深澤邦朗・絵 花かんむり ♥☆♡
79 佐藤照雄詩集 津波信久・絵 沖縄 風と少年 ☆♡★
80 相馬梅子詩集 やなせたかし・絵 真珠のように ♥★
81 小島禄琅詩集 深沢紅子・絵 地球がすきだ ★
82 鈴木美智子詩集 黒澤梧郎・絵 龍のとぶ村 ◇★♥
83 いがらしれいこ詩集 高田三郎・絵 小さなてのひら ☆
84 宮入黎子詩集 小倉玲子・絵 春のトランペット ☆★
85 下田喜久美詩集 方振寧・絵 ルビーの空気をすいました ☆
86 野呂昶詩集 方振寧・絵 銀の矢ふれふれ ★
87 ちよはらまちこ詩集 ちよはらまちこ・絵 パリパリサラダ ★
88 秋原秀夫詩集 徳田徳志芸・絵 地球のうた ☆★
89 中島あやこ詩集 井上緑・絵 もうひとつの部屋 ★
90 藤川こうのすけ詩集 葉祥明・絵 こころインデックス ☆

✻サトウハチロー賞　✣毎日童謡賞
☼三木露風賞
♤福井県すいせん図書
▲神奈川県児童福祉審議会推薦優良図書
♠奈良県教育研究会すいせん図書
♧北海道選定図書　⊛三越左千夫少年詩賞
◈静岡県すいせん図書
◎学校図書館図書整備協会選定図書（SLBA）

…ジュニアポエムシリーズ…

△長野県教育委員会すいせん図書　☆(財)日本動物愛護協会推薦図書
◆茨城県推奨図書

…ジュニアポエムシリーズ…

136 秋葉てる代詩集 やなせたかし・絵 おかしのすきな魔法使い ●★
137 青戸かいち詩集 永田萠・絵 小さなさようなら ❀★
138 柏木恵美子詩集 高田三郎・絵 雨のシロホン ♡★
139 藤井則行詩集 阿見みどり・絵 春だから ♡★◎
140 黒田勲子詩集 山中冬二・絵 いのちのみちを
141 南郷芳明詩集 的場豊子・絵 花時計
142 やなせたかし 詩・絵 生きているってふしぎだな
143 内田麟太郎詩集 斎藤隆夫・絵 うみがわらっている
144 しまざきふみ詩集 島崎奈緒・絵 こねこのゆめ ♡
145 糸永えつこ詩集 武井武雄・絵 ふしぎの部屋から ♡
146 石坂きみこ詩集 鈴木英二・絵 風の中へ ♡
147 坂本のこ詩集 坂本こう・絵 ぼくの居場所 ♡
148 島村木綿子 詩・絵 森のたまご ❀
149 楠木しげお詩集 わたせせいぞう・絵 まみちゃんのネコ ★
150 牛尾良子詩集 上矢津・絵 おかあさんの気持ち ♡

151 三越左千夫詩集 阿見みどり・絵 せかいでいちばん大きなかがみ ★
152 水村三千夫詩集 高見八重子・絵 月と子ねずみ
153 川越文子詩集 横松桃子・絵 ぼくの一歩ふしぎだね ★
154 すずきゆかり詩集 葉祥明・絵 まっすぐ空へ
155 西田純詩集 葉祥明・絵 木の声水の声
156 清野倭文子詩集 水科舞・絵 ちいさな秘密《ひみつ》
157 川奈静詩集 直江みちる・絵 浜ひるがおはパラボラアンテナ ★◎
158 若木良水詩集 西真里子・絵 光と風の中で
159 牧陽子詩集 渡辺あきお・絵 ねこの詩 ★◎
160 宮田滋子詩集 阿見みどり・絵 愛一輪 ★◎
161 井上灯美子詩集 唐沢静・絵 ことばのくさり ☆●
162 滝波万理子詩集 滝波裕子・絵 みんな王《おう》様《さま》 ★●
163 冨岡みち詩集 関口コオ・絵 かぞえられへんせんぞさん ★
164 垣内磯子詩集 辻恵子・切り絵 緑色のライオン ★◎
165 すぎもとれいこ詩集 平井辰夫・絵 ちょっといいことあったとき ★

166 岡田喜代子詩集 おぐらひろかず・絵 千年の音 ★☆◎
167 川奈静詩集 直江みちる・絵 ひもの屋さんの空 ★◎☆♥♡
168 鶴岡千代子詩集 武田淑子・絵 白い花火 ★☆
169 井上灯美子詩集 唐沢静・絵 ちいさい空をノックノック ★◎☆
170 尾崎杏子詩集 ひなた山すじゅう郎・絵 海辺のほいくえん ☆♡★◎
171 柘植愛子詩集 やなせたかし・絵 たんぽぽ線路 ☆♡★◎●
172 小林比呂古詩集 うめざわのりお・絵 横須賀スケッチ ☆★◎♡▲
173 林佐知子詩集 串田敦子・絵 きょうという日 ☆★◎♡▲
174 後藤基宗子詩集 岡澤由紀子・絵 風とあくしゅ ☆♥★◎♡
175 土屋律子詩集 高瀬のぶえ・絵 るすばんカレー ☆♡★◎▲
176 三輪アイ子詩集 深沢邦朗・絵 かたぐるましてよ ★☆♡
177 田辺瑞美子詩集 西真里子・絵 地球賛歌 ☆★◎
178 高瀬美代子詩集 小倉玲子・絵 オカリナを吹く少女 ☆♡
179 中野惠子詩集 串田敦子・絵 コロポックルでておいで ★♡☆●
180 松井節子詩集 阿見みどり・絵 風が遊びにきている ★☆♡▲

…ジュニアポエムシリーズ…

181 新谷智恵子詩集 徳田徳志芸・絵 とびたいペンギン 佐世保文学賞 ♡★◎ ▲
182 牛尾良子詩集 牛尾征治・写真 庭のおしゃべり ♡★◎
183 三枝ますみ詩集 高見八重子・絵 サバンナの子守歌 ☆★
184 佐藤雅子詩集 佐藤太清 菊池治子・絵 空の牧《まき》場《ば》 ☆★♡ ■◎◈
185 山内弘子詩集 おぐらひろかず・絵 思い出のポケット ♡★●
186 山内弘子詩集 阿見みどり・絵 花の旅人 ♡★▲
187 原国子詩集 牧野鈴子・絵 小鳥のしらせ ♡★△ ◎
188 人見敬子詩・絵 方《は》舟《こぶね》地球号 —いのちは元気— ♡★◎
189 林佐知子詩集 串田敦子・絵 天にまっすぐ ★☆♡ ◎
190 小臣富子詩集 渡辺あきお・絵 わんさかわんさかどうぶつさん ✡♡★ ◎
191 川越文子詩集 かまだちえみ・写真 もうすぐだからね ♡★◎
192 永田喜久男詩集 武田淑子・絵 はんぶんごっこ ☆★◎ ♡
193 吉田房子詩集 大和田明代・絵 大地はすごい ★◎♡
194 石井春香詩集 高見八重子・絵 人魚の・祈り ★♡
195 石原一輝詩集 小倉玲子・絵 雲のひるね ♡

196 たかはしけいご詩集 高橋敏彦・絵 そのあと ひとは ★
197 宮田滋子詩集 おおた慶文・絵 風がふく日のお星さま ★♡◎
198 渡辺恵美子詩集 つるみゆき・絵 空をひとりじめ ★♡●
199 宮中雲子詩集 西真里子・絵 手と手のうた ★
200 杉本深由起詩集 太田大八・絵 漢字のかんじ ★♡✿
201 井上灯美子詩集 唐沢静・絵 心の窓が目だったら ★♡
202 峰松晶子詩集 おおた慶文・絵 きばなコスモスの道 ★♡
203 高橋文子詩集 山中桃子・絵 八丈太鼓 ★♡
204 長野貴子詩集 武田淑子・絵 星座の散歩 ★♡
205 江口正子詩集 高見八重子・絵 水の勇気 ♡☆★
206 藤本美智子詩・絵 緑のふんすい ☆♡★
207 林佐知子詩集 串田敦子・絵 春はどどど ♡★◎
208 小関秀夫詩集 阿見みどり・絵 風のほとり ☆♡★
209 宗美津子詩集 宗信寛・絵 きたのもりのシマフクロウ ♡★
210 かわてせいぞう詩集 高橋敏彦・絵 流れのある風景 ☆♡★

211 土屋律子詩集 高瀬のぶえ・絵 ただいまぁ ★♡☆ ◎
212 永田喜久男詩集 武田淑子・絵 かえっておいで ☆♡★
213 みたみちこ詩集 牧進・絵 いのちの色 ♡★
214 糸永えつこ詩集 糸永わかこ・絵 母です 息子です おかまいなく ♡☆★
215 宮田滋子詩集 武田淑子・絵 さくらが走る ♡☆★ ●
216 柏木恵美子詩集 吉野晃希男・絵 ひとりぼっちの子クジラ ♡★◎
217 江口正子詩集 高見八重子・絵 小さな勇気 ♡☆★
218 井上灯美子詩集 唐沢静・絵 いろのエンゼル ★♡
219 中島あやこ詩集 日向山寿十郎・絵 駅伝競走 ★☆♡
220 高橋孝治詩集 高見八重子・絵 空の道 心の道 ★♡
221 江口正子詩集 日向山寿十郎・絵 勇気の子 ♡☆★
222 宮田滋子詩集 牧野鈴子・絵 白鳥よ ☆★
223 井上良子詩集 銅版画 太陽の指環 ★
224 川越文子詩集 山中桃子・絵 魔法のことば ♡☆★
225 西本みさこ詩集 上司かのん・絵 いつもいっしょ ☆♡

…ジュニアポエムシリーズ…

226 おばらいちこ詩集 髙見八重子・絵 ぞうのジャンボ ☆★♡

227 吉田房子詩集 本田あまね・絵 まわしてみたい石臼 ★♡

228 吉田房子詩集 阿見みどり・絵 花 詩 集 ★♡◎

229 田中たみ子詩集 唐沢静・絵 へこたれんよ ★◎

230 林佐知子詩集 串田敦子・絵 この空につながる ★♡

231 藤本美智子 詩・絵 心のふうせん ★♡

232 火星雅範詩集 西川律子・絵 ささぶねうかべたよ ★♡▲

233 吉田房子詩集 岸田歌子・絵 ゆりかごのうた ★♡

234 むらかみみちこ詩集 むらかみみちこ・むらかみあくる・絵 風のゆうびんやさん ★♡

235 白谷玲花詩集 阿見みどり・絵 柳川白秋めぐりの詩 ★♡

236 ほさかとしこ詩集 内山つとむ・絵 神さまと小鳥 ★☆♡

237 内田麟太郎詩集 長野ヒデ子・絵 まぜごはん ♡☆★◎

238 小林比呂古詩集 出口雄大・絵 きりりと一直線 ♡★

239 牛尾良子詩集 おぐらひろかず・絵 うしの土鈴とうさぎの土鈴 ★◎♡

240 山本純子詩集 ルイコ・絵 ふ ふ ふ ◎★♡☆

241 神田亮 詩・絵 天使の翼 ★☆♡

242 かんざわみえ詩集 阿見みどり・絵 子供の心大人の心さ迷いながら ☆★◎

243 永田喜久男詩集 内山つとむ・絵 つながっていく ★☆♡

244 浜野木碧 詩・絵 海原散歩 ♡☆★◎

245 やまうち・しゅうへい詩集 山本省三・絵 風のおくりもの ♡☆★◎

246 すぎもとれいこ 詩・絵 てんきになあれ ★

247 冨岡みち詩集 加藤真夢・絵 地球は家族 ひとつだよ ♡☆

248 北野千賀詩集 滝波裕子・絵 花束のように ♡☆★

249 石原一輝詩集 加藤真夢・絵 ぼくらのうた ♡★

250 土屋律子詩集 高瀬のぶえ・絵 まほうのくつ ♡☆

251 津坂治男詩集 井上良子・絵 白い太陽 ☆♡

252 石井英行詩集 よしだちなつ・表紙絵 野原くん ☆★♡

253 井上灯美子詩集 唐沢静・絵 たからもの ☆♡

254 大竹典子詩集 加藤真夢・絵 おたんじょう ☆

255 たかはしけいこ詩集 織茂恭子・絵 流れ星

256 谷川俊太郎詩集 下田昌克・絵 そ し て

257 なんば・みちこ詩集 布下満・絵 トックントックン 大空で大地で

258 宮本美智子詩集 阿見みどり・絵 夢の中にそっと

＊刊行の順番はシリーズ番号と異なる場合があります。

ジュニアポエムシリーズは、子どもにもわかる言葉で真実の世界をうたう個人詩集のシリーズです。

本シリーズからは、毎回多くの作品が教科書等の掲載詩に選ばれており、1974年以来、全国の小・中学校の図書館や公共図書館等で、長く、広く、読み継がれています。

心を育むポエムの世界。

一人でも多くの子どもや大人に豊かなポエムの世界が届くよう、ジュニアポエムシリーズはこれからも小さな灯をともし続けて参ります。

銀の小箱シリーズ

- 葉 祥明 詩・絵　小さな庭
- 若山 憲 詩・絵　白い煙突
- こばやしひろこ・詩 うめざわのりお・絵　みんななかよし
- 江口 正子・詩 油野 誠一・絵　みてみたい
- やなせたかし 詩・絵　あこがれよなかよくしよう
- 冨岡 みち・詩 関口 コオ・絵　ないしょやで
- 小林比呂古・詩 神谷 健雄・絵　花かたみ
- 小泉 周二・詩 辻 友紀子・絵　誕生日・おめでとう
- 柏原 耿子・詩 阿見みどり・絵　アハハ・ウフフ・オホホ★♡▲
- こばやしひろこ・詩 うめざわのりお・絵　ジャムパンみたいなお月さま★

すずのねえほん

- たかはしけいこ・詩 中釜浩一郎・絵　わたし★◎
- 尾上 尚子・詩 小倉 玲子・絵　ぽわぽわん
- 糸永えつこ・詩 高見八重子・絵　はる なつ あき ふゆ もうひとつ★ 児文芸新人賞
- 山口 敦子・詩 高橋 宏幸・絵　ばあばとあそぼう
- あらい・まさはる・童謡 しのはられみ・絵　けさいちばんのおはようさん
- 佐藤 雅子・詩 佐藤 太清・絵　こもりうたのように● 日本童謡賞 美しい日本の12ヵ月
- 柏木 隆雄・詩 やなせたかし他・絵　かんさつ日記★♡

アンソロジー

- 渡辺 浦人・編 村上 保・絵　赤い鳥 青い鳥●
- わたげの会・編 渡辺あきお・絵　花ひらく★
- 西木曜会・編 西 真里子・絵　いまも星はでている★
- 西木曜会・編 西 真里子・絵　いったりきたり♡
- 西木曜会・編 西 真里子・絵　宇宙からのメッセージ
- 西木曜会・編 西 真里子・絵　地球のキャッチボール★◎
- 西木曜会・編 西 真里子・絵　おにぎりとんがった☆★◎
- 西木曜会・編 西 真里子・絵　みぃーつけた♡★◎
- 西木曜会・編 西 真里子・絵　ドキドキがとまらない
- 西木曜会・編 西 真里子・絵　神さまのお通り★
- 西木曜会・編 西 真里子・絵　公園の日だまりで★♡

掌の本　アンソロジー

こころの詩 I
しぜんの詩 I
いのちの詩 I
ありがとうの詩 I
詩集　希望
詩集　家族
いのちの詩集―いきものと野菜
ことばの詩集―方言と手紙
詩集―夢・おめでとう
詩集―ふるさと・旅立ち

心に残る本を　そっとポケットに　しのばせて…
・A7判（文庫本の半分サイズ）　・上製、箔押し